GUÍA DE LECTURA

Escrita por Alain Sable
Traducida por Marta Sánchez Hidalgo

Antígona

de Jean Anouilh

Entiende fácilmente la literatura con

ResumenExpress.com

www.resumenexpress.com

JEAN ANOUILH

ESCRITOR Y DRAMATURGO FRANCÉS

- **Nacido en 1910 en Burdeos (Francia)**
- **Fallecido en 1987 en Lausana (Suiza)**
- Algunas de sus obras:
  - *El viajero sin equipaje* (1937), obra de teatro
  - *El baile de los ladrones* (1938), comedia
  - *Antígona* (1942), tragedia

Jean Anouilh, hombre discreto, trabaja primero en una agencia de publicidad. Pero en 1928, una representación de *Siegfried* de Jean Giraudoux lo empuja a escribir teatro. En 1930 se convierte en secretario de Louis Bouvet (actor y director francés, 1887-1951, director del *Théâtre de l'Athénée*), una colaboración de corta duración por incompatibilidad de caracteres, pero que le conduce a escribir *L'Hermine* (1932). Sus maestros, además de Musset y Marivaux, «releídos miles de veces», son variados como Claudel, Pirandello, Shaw o Molière.

Dramaturgo prolífico, clasifica sus piezas, todas marcadas por un profundo pesimismo, en categorías con títulos reveladores: obras «negras» (*Antígona*, 1944), «rosas» (*El baile de los ladrones*, 1938), «agrias» (*La Gruta*, 1961), «brillantes» (*El ensayo o el amor castigado*, 1950), «disfrazadas» (*La alondra*, 1953), «secretas» (*El arresto*, 1975) o también «bromistas» (*El ombligo*, 1981).

ANTÍGONA

UNA TRAGEDIA CÉLEBRE

- Género: tragedia
- Edición de referencia: Anouilh, Jean. 2009. *Jezabel, Antígona*. Traducido por Aurora Bernárdez. Buenos Aires: Losada, colección *70 aniversario*
- Primera edición: 1944
- Temáticas: tragedia, familia, prohibición, respeto

Antígona es una tragedia moderna en prosa adaptada del texto antiguo de Sófocles. La obra, publicada en 1944 bajo la Ocupación, está autorizada por la censura hitleriana, que ve en la victoria de Creón la justificación del orden establecido. Después de una primera recepción glacial tiene gran éxito, probablemente porque la juventud, al contrario que el ocupante nazi, ve más en el mensaje del autor una heroína admirable que osa enfrentarse a la autoridad que una aceptación del poder del momento.

Los numerosos anacronismos de la obra y el hecho de que se presente bajo forma de una serie ininterrumpida de diálogos sin ninguna división formal lo alejan del teatro tradicional francés.

Hoy en día, la obra sigue suscitando un interés extraordinario: todo idealista puede encontrar en *Antígona* un eco de su búsqueda de la pureza y de lo absoluto.

RESUMEN

LA TRANSGRESIÓN

Antígona, sobrina de Creón, rey de Tebas, regresa al palacio al alba, después de enterrar a su hermano, Polinice, a pesar de la prohibición promulgada en el decreto de su tío, que ha prometido la muerte a cualquiera que infrinja esta ley. La joven tranquiliza a su nodriza, que está preocupada por el comportamiento de su pequeña preferida que le oculta la verdad. La nodriza intenta, por su parte, reconfortar a Antígona que, debilitada, busca una forma de consuelo infantil.

Antígona también esconde lo que ha hecho a su hermana mayor, Ismena, pero ésta se preocupa cuando comprende que su hermana irá a enterrar a su hermano en contra de la orden real: no sabe que Antígona ya ha hecho lo irreparable. A pesar del diálogo lleno de ternura, se descubre la rivalidad entre las dos jóvenes. Por otro lado, Antígona hace jurar a Hemón, su marido e hijo de Creón, que no le preguntará nada sobre su negativa a casarse con él, después lo despide.

Cuando la joven regresa junto a su hermana, esta intenta convencerla de no que no vaya a enterrar a Polinice, con el argumento de que su hermano no la quería: Antígona le confiesa que ya ha ido.

LA CONFESIÓN

Un guardia le enseña a Creón que han cubierto una parte del

cuerpo de Polinice con tierra. El rey decide evitar el escándalo haciéndoles prometer al guardia y a sus compañeros que mantendrán en silencio este acto de rebelión. Pero sorprenden a Antígona enterrando el cuerpo de Polinice, que no ha podido sepultar por completo por la noche. Los guardias la llevan ante el rey que, asombrado, descubre a su nieta esposada. Desde ese momento, Creón tratará por todos los medios de evitar su muerte.

Primero le propone acallar el asunto y asegura que es un capricho de niño, pero Antígona le replica que ha actuado con completo conocimiento de causa y que lo volverá a hacer si Creón la libera. Él le demuestra lo absurdo de los ritos religiosos, pero ella le responde que sólo lo ha hecho «por ella». Creón le habla entonces de la dificultad de gobernar y las razones políticas y sociales por las que se ha visto obligado a publicar este decreto. Le pide que lo entienda. Pero Antígona se niega a escucharle: «No quiero comprender [...] Estoy aquí para decirle que no y para morir» (Anouilh 2009, 175).

LA MOIRA

Entonces, Creón, como último argumento, le desvela la verdadera historia de sus dos hermanos indignos, «que se degollaron como dos pillos que eran, por una cuestión de cuentas...» (Anouilh 2009, 179). Antígona vacila al enterarse de que Polinice sólo era «un pobre juerguista imbécil, un carnicero duro y sin alma» (Anouilh 2009, 177), también con su padre, Edipo, al que ella veneraba. Creón, para asegurarse la victoria, le da su definición de felicidad, pero ante esa palabra Antígona vuelve a ser la pequeña rebelde que no ha dejado de ser y hace pedazos el razonamiento de Creón: «¡Todos me dais asco con vuestra felicidad! [...] Yo lo quiero todo, en seguida –y que sea completo–, y si no, me niego» (Anouilh 2009, 183), exclama ella, dando pruebas de una lógica obstinada, incluso ciega, sin ningún compromiso.

En ese momento llega Ismena, dispuesta a morir con su hermana. Esta se niega argumentando que es muy tarde: «No te figures que vendrás a morir conmigo ahora. ¡Sería demasiado fácil!» (Anouilh 2009, 185), le espeta, aludiendo a una de sus conversaciones, mientras que Ismena se negaba a sufrir. Desbordada por el comportamiento provocador de Antígona, Creón renuncia a salvarla y llama a sus guardias. «¡Por fin, Creón!», exclama: morirá cumpliendo su destino, la moira.

Creón tiene que enfrentarse a las réplicas del coro, al que rechaza: «Ella era la que quería morir. Ninguno de nosotros tenía suficiente fuerza como para convencerla de que viviera» (Anouilh 2009, 186). Es inflexible ante la tentativa desesperada de Hemón de salvar a su prometida, obviando las reglas de su función de rey: «Soy el amo antes de la ley. No después» (Anouilh 2009, 188). Por su lado, sola con un guardia, Antígona le dicta una carta que tendrá que entregar a Hemón, en la que confiesa: «[...] ya no sé por qué muero [...]» (Anouilh 2009, 197).

LA MUERTE DE ANTÍGONA

El mensajero anunciará la terrible noticia. Antígona, condenada a ser emparedada para que no mancille la ciudad con su sangre, ha preferido ahorcarse en su sepulcro con su cinturón. Hemón, que llega tarde, se arroja sobre el cuerpo sin vida de su prometida. Creón, que llega a la escena del crimen, intenta levantar a su hijo, que ya no le escucha. Hemón se levanta y le escupe a la cara, luego «lo mira con ojos de niño, cargados de desprecio» (Anouilh 2009, 199), antes de clavarse la espada en el vientre.

El mensajero anuncia al final la muerte de Eurídice, la mujer de Creón, que se ha degollado en silencio al enterarse de la muerte de su hijo. Creón se queda solo con su pequeño paje. Va al consejo porque es rey. En cuanto a los guardias, «A ellos todo esto les da lo mismo; no es harina de su costal. Continúan jugando a las cartas...» (Anouilh 2009, 202).

ESTUDIOS DE LOS PERSONAJES

ANTÍGONA

En el prólogo, Anouilh la describe físicamente como una «muchacha morena», «flaca» con «ojos graves» y «sonrisita triste», «rodeando la rodilla con los brazos» (Anouilh 2009, 126); moralmente, es una soñadora, es «reconcentrada», alguien «a quien nadie toma en serio en la familia» (Anouilh 2009, 125).

Además, Antígona no es lo que se podría decir una mujer hermosa, al contrario que su hermana. Esta le dice: «No linda como nosotras, pero de otro modo» (Anouilh 2009, 139), lo cual da a entender que Antígona tiene una belleza muy personal. Incluso su nodriza, que la adora, dice de ella:«¡Dios mío, esta chica no es lo bastante coqueta!» (Anouilh 2009, 131). Su belleza es interior.

Su físico ingrato, de «pajarito» (Anouilh 2009, 166), como le suelta Creón, que va acompañado de gravedad y tristeza se observa a través de los ojos y la sonrisa. La posición fetal acentúa más su malestar psicomoral, característico del aislamiento, de quien se encierra en sí mismo y de una necesidad de seguridad. Esta posición es un preludio de su verdadero nacimiento: la abandonará para erguirse «sola ante el mundo» (Anouilh 2009, 125).

La verdadera Antígona se aferra a su personalidad, que Creón describe como «el orgullo de Edipo», añadiendo que «la desgracia humana era demasiado poco» (Anouilh 2009,

165). Y de hecho, Antígona reconocerá con breves argumentos ante su tío que ese acto de enterrar a su hermano no lo ha hecho «para nadie» (Anouilh 2009, 16() sino para ella. Con esta afirmación, reivindica desde entonces su libertad total aunque ante la muerte se dé cuenta de su soledad («completamente sola» (Anouilh 2009, 194)) y de sus miedos («Ya no sé por qué muero. Tengo miedo…» (Anouilh 2009, 197). La muerte la atrae como la conclusión sublime de un ideal desmesurado pero, finalmente, la angustia.

Antígona es también una rebelde, una desobediente desde pequeña. Arrastra esta rebelión a su clímax en su diálogo con Creón: «¡Todos me dais asco con vuestra felicidad! [...] Yo lo quiero todo, en seguida –y que sea completo–, y si no, me niego» (Anouilh 2009, 183).

Estas tres frases pronunciadas por Antígona son verdaderas provocaciones que llevarán a Creón a mantener la sentencia de muerte. El último fragmento tal vez sea el que mejor caracteriza a la joven: entera, rechaza el mínimo compromiso y confunde por desgracia cesión e implicación.

Íntegra e idealista, pero de un idealismo desmesurado que pagará con su vida.

Y, sin embargo, Antígona es una verdadera apasionada de la vida, de la verdadera vida. Le gusta despertarse al alba: «Qué hermoso es un jardín que no piensa todavía en los hombres»; «¿Crees que si una se levantara así todas las mañanas, sería todas las mañanas, tan lindo, nodriza, ser la primera mujer afuera?» (Anouilh 2009, 129). Pero, como todas las apasionadas, está eternamente insatisfecha. No sabe apreciar la felicidad porque el instante siguiente la aterroriza. Por eso le dice a Hemón: «Cuando piensas que seré tuya, ¿sientes en medio de ti como un gran agujero que se ahonda, como algo que muere?» (Anouilh 2009, 147). Esta frase puede encontrar su sentido en la aceptación de Antígona de su destino trágico. Heredera de los Labdácidos, sabe que su moira (su destino) sólo se cumplirá cuando se desate la maldición que pesa sobre su familia. Se mantendrá fiel a Edipo, su padre, por fidelidad filial: «¡Sí, soy fea! [...] Papá sólo fue hermoso después, cuando estuvo seguro por fin de que había matado a su padre, de que se había acostado con su madre, y de que ya nada, nada podía salvarlo» (Anouilh 2009, 184). Volvemos a encontrar esta fidelidad en el acto desesperado de enterrar a su hermano.

Antígona es también, a pesar de sus veinte años, una niña, lo que queda reflejado enla imagen de la palita que usa para cubrir el cuerpo de Polinice, una palita con la que su hermano y ella construían castillos de arena. Es una niña frágil, como demuestra la escena con su nodriza: busca su calor y su mano para dejar de tener miedo «del ogro malo» (Anouilh 2009, 142). Es una criatura arisca que añora su infancia: «Quiero estar segura de todo hoy y que sea tan hermoso como cuando era pequeña, o morir» (Anouilh 2009, 183), porque había sido un tiempo de pureza e inocencia. Antígona es, en resumen, una antinomia permanente y eterna.

CREÓN

En el prólogo, Anouilh lo describe físicamente como un

«hombre robusto, de pelo blanco». «Tiene arrugas» y « [...] está fatigado» (Anouilh 2009, 126); moralmente es el rey. «Juega el difícil juego de gobernar a los hombres. Antes [...] gustaba de la música, de las bellas encuadernaciones» (Anouilh 2009, 126), pero desde que es rey «se arremangó [...]. Y a la mañana siguiente [...]«Creón se levanta tranquilo, como un obrero al comienzo de la jornada» (Anouilh 2009, 126-127).

Anouilh presenta a Creón como un hombre agotado y cansado que no se esperaba reinar. Ha accedido al trono por la muerte de Edipo y sus dos hijos: es una tarea para la que no estaba preparado, pero que va a cumplir lo mejor que pueda: «Una mañana me desperté siendo rey de Tebas. Y Dios sabe que había otras cosas en la vida que me gustaban más que ser poderoso...» (Anouilh 2009, 172). Concienzudo, es más necesitado que ambicioso:

> «Yo me llamo solamente Creón, gracias a Dios. Tengo los dos pies puestos en la tierra, las dos manos metidas en los bolsillos y ya que soy rey, he resuelto, con menos ambición que tu padre, dedicarme sencillamente a hacer un poco menos absurdo, si es posible, el orden de este mundo» (Anouilh 2009, 164).

En esta frase reconoce su falta de audacia. Por la sensatez prefiere acomodarse, aunque reconoce que ha tenido otros ideales: «Escuchaba desde el fondo del tiempo a un joven Creón flaco y pálido como tú y que también sólo pensaba en darlo todo...» (Anouilh 2009, 180). Así se considera un poco como Antígona, que no habrá cumplido su destino, algo que, por otro lado, le reprocha su sobrina en su larga conversación.

Este largo coloquio entre el tío y su sobrina, verdadera clave de la tragedia de Anouilh, simboliza el imposible encuentro de dos visiones del mundo diametralmente opuestas: la de la ley y la de la conciencia.

En el diálogo, Creón demuestra mucha paciencia y comprensión benévola, incluso paternal. Sin embargo, ante las provocaciones repetidas de Antígona y llevado por su deber, la condena a muerte. El «joven Creón flaco [...] que también sólo pensaba en darlo todo...» (Anouilh 2009, 180) está totalmente atrapado por su deber como rey. Vuelve a ser el obrero del poder, una especie de antihéroe al servicio de la ley humana.

Solo en toda la obra, como responsable único del destino de Antígona, su soledad aparece más grande aún en el desenlace. El coro se lo dice: «Y ahora estás completamente solo, Creón» (Anouilh 2009, 201). Y de hecho, su familia queda diezmada tras los suicidios de Hemón, su hijo, y de Eurídice, su mujer. Se encuentra más solo que nunca.

ISMENA

En el prólogo, Anouilh la describe físicamente —es «rubia», «hermosa», «feliz» (Anouilh 2009, 125) y menciona «su sensualidad» (Anouilh 2009, 126) y moralmente —«charla y ríe» (Anouilh 2009, 125), tiene «afición a la danza y a los juegos» y «afición a la felicidad y al éxito» (Anouilh 2009, 126).

Lo que es sorprendente en el prólogo es que Ismena es

el único personaje que no se presenta individualmente. Antígona y Hemón la nombran.

Ismena es un personaje que se define por comparación, por afinidad con Hemón y por contraste con Antígona. De hecho, las dos hermanas se oponen en todo: tanto lo físico como lo moral. La reflexión y la prudencia de la mayor contrastan con la pasión y la audacia imprudente de la pequeña. Al «comprendo un poco a nuestro tío» de Ismena se sucede el «Yo no quiero comprender un poco» (Anouilh 2009, 136) de Antígona. Y cuando Ismena dice «Tengo razón más a menudo que tú», Antígona le replica «No quiero tener razón» (*ib.*), que dice mucho de su determinación y su terquedad.

Los dos caracteres femeninos de la obra se excluyen completamente. Ismena es una joven bella y sensual que quiere una felicidad sencilla y material, «su afición a la danza y a los juegos, su afición a la felicidad y al éxito» (Anouilh 2009, 126), un tipo de felicidad que Antígona rechaza completamente con toda su fuerza de niña frustrada.

El pasaje más revelador de la personalidad de Ismena se encuentra en su diálogo con Antígona. Desde que empieza la conversación, Ismena señala en dos ocasiones que ha «pensado bien» antes de hacer notar tres veces «he reflexionado». Esta insistencia señala que Ismena se apoya en la razón, al contrario que Antígona, guiada por su pasión, pero también puede marcar una falta de confianza en la medida que Ismena ve necesario mostrar cinco veces su sentido de la reflexión y de afianzarlo tres veces con ayuda del adverbio de intensidad «bien». Además, Ismena demuestra un perfecto dominio de la dialéctica alternando argumentos lógicos y psicológicos. Para convencer a su hermana de lo absurdo de su acción, intenta primero hacerle razonar, pero como sus argumentos no tienen ningún efecto, cambia de estrategia intentando llegarle al corazón. La construcción de su destino es la prueba de que es una persona que reflexiona. Así podemos constatar que Antígona en ningún momento refuta los argumentos de su hermana: sólo le responde con frases negativas; rechaza así abrirse a una verdadera conversación.

Si hay una obra que ha generado y sigue generando polémica, es la *Antígona* de Anouilh. Pero, ¿por qué tanta controversia?

ANTÍGONA Y LA RESISTENCIA

La polémica de *Antígona* deriva naturalmente del contexto en el que se escribió la obra. De hecho, se escribió en el París de 1942, ocupado por las tropas alemanas, varias semanas después del atentado de un joven resistente francés, Paul Collette, contra los colaboradores Pierre Laval y Marcel Déat, a los que hirió. Muchos han visto y ven todavía en este acto condenado al fracaso una forma de heroísmo vano que inspiró a Anouilh para el personaje de Antígona.

EL PUNTO DE VISTA DEL AUTOR

Sin embargo, la prudencia nos haría aceptar solo las razones que alegó Anouilh para escribir su obra. «La Antígona de Sófocles, leído y releído y que me sabía de memoria desde siempre, ha sido un choque repentino durante la guerra, el día de los cartelitos rojos. La he reescrito a mi manera, con la resonancia de la tragedia que estábamos viviendo». Estos carteles rojos (que inspiran un célebre poema de Aragón a la gloria de la Resistencia) colocados en toda Francia por el régimen de Vichy y los nazis, reflejaban la ejecución de 23 resistentes que los ocupantes hicieron pasar por terroristas a ojos del pueblo francés. Sin negar la influencia del contexto histórico, Anouilh no hace referencia al acto de Paul

Collette.

La afirmación de Anouilh plantea una cuestión espinosa: ¿cómo pudo inspirarse en estos carteles rojos que aparecieron en 1944 cuando la composición de su obra data de 1942 y se representó a partir de 1944? Algunos pretextan un recuerdo impreciso en cuanto a la cronología. Otros aprovechan para reafirmar que el acto insensato de Paul Collette fue el detonante de la obra.

DEBER DE CONCIENCIA CONTRA DEBER DE LEY

Otra polémica viene del hecho de que en varias representaciones Anouilh y Barsacq (decorador y director de teatro, 1909-1973) repartieron folletos a favor de la Resistencia mientras que esta misma Resistencia acusaba a Anouilh de colaboración y que medios clandestinos lo amenazaban. Cabe recordar que la censura nazi aceptó la edición del texto porque veía en la muerte de Antígona la victoria de Creón y así el orden establecido. La juventud veía en la muerte de Antígona lo contrario, el triunfo de la pureza, y el rechazo de toda cesión con «el enemigo» convirtió la obra en un éxito rotundo. Además, la *Antígona* de Anouilh simboliza un conflicto de generaciones. Se distingue por un lado a Creón adulto, el hombre racional en búsqueda de un *modus vivendi*, síntesis de soluciones provisionales, y por otro lado Antígona, musa de una adolescencia guiada por la búsqueda de lo absoluto y la oposición al mundo en rigor. Este antagonismo, particularmente presentado en el diálogo entre Antígona y Creón, es el corazón de este término medio imposible entre dos concepciones del deber: el deber de la conciencia en Antígona y el deber de la ley en Creón.

UNA POLÉMICA QUE LLEGA HASTA LOS DETALLES

El hecho de que los guardias actúen con unas gabardinas de cuero que recuerdan a los de la Gestapo impresionó mucho a los espectadores, sobre todo porque Anouilh no juzga su comportamiento aunque sea tosco y brutal: «no son malos individuos [...]» (p.127). Ahora bien, esos guardias con gabardinas de cuero «son auxiliares de justicia de Creón» (Anouilh 2009, 127). Se puede entonces entender la amalgama dudosa que se creó en la mente de algunos espectadores y la controversia que surgió. No hay que olvidarse de que la obra se escribió a finales del verano de 1942, es decir, varias semanas antes de la redada de miles y miles de judíos franceses en el Velódromo de Invierno (*Vel d'hiv*) de París para deportarlos a los campos de concentración o de exterminio. No hay que juzgar en esta época que estos «auxiliares de justicia de Creón» con gabardina de cuero se puedan interpretar lógicamente como una forma de aceptación del orden establecido.

IMPACTO POLÍTICO

El impacto político de la obra se puede relacionar directamente con la polémica que inspiró su creación. Sin embargo, acabamos de constatar que había que guardar distancia y prudencia ante los móviles que pudieron llevar a Anouilh a escribir su tragedia.

¿Quiere esto decir que Anouilh sólo escribió su novela empujado por su interés por la cultura clásica? No parecerá muy plausible en la medida en que muchos elementos objetivos de la tragedia convergen hacia una Antígona alegoría de la Resistencia por su oposición brutal al poder establecido y un Creón que personifica la oposición del ocupante.

Una conclusión prudente respecto de la polémica y el impacto político de la obra sería reconocer la influencia del contexto histórico de la época, cosa que Anouilh admitió fácilmente, aunque sin por ello interpretar de manera demasiado libre unos elementos que podrían analizarse de forma diametralmente opuesta. Aunque una juventud idealista idolatre todo el tiempo a Antigone, para Anouilh es sólo una «chiquilla ingrata y presuntuosa como lo fue el Mayo del 68». Del mismo modo, a pesar de que Antígona sea para algunos la heroína fiel que vence con y en su muerte al poder que ha cedido, reconoce que no sabe por qué muere arrastrando a las tinieblas a un Hemón enamorado que sólo quería vivir feliz a su lado y a una Eurídice totalmente destrozada por el suicidio de su hijo.

PISTAS PARA LA REFLEXIÓN

ALGUNAS PREGUNTAS PARA PROFUNDIZAR EN SU REFLEXIÓN...

- Compare a Ismena y a Antígona.
- Compare la *Antígona* de Anouilh con la de Sófocles (poeta trágico griego, hacia el 496-406 a. C.) relacionando las diferencias entre las dos obras con el contexto histórico y político de la época y mencionando el distinto acercamiento religioso de los autores.
- Compare también el personaje de Antígona de Anouilh y de Bauchau (escritor belga, 1913-2012).
- Haga un paralelismo entre los diálogos de Antígona/Ismena y Antígona /Creón. ¿Qué observa?
- Anouilh sugiere en el diálogo de Creón/Antígona una metáfora. Analícela.
- «Soy el amo antes de la ley. No después» (Anouilh 2009, 188). Comente esta reflexión de Creón.
- Creón se halla ante un terrible dilema. ¿Cuál? ¿Se puede comparar a los que atormentan a los personajes de Racine (poeta trágico francés, 1639-1699) o de Corneille (poeta dramático francés, 1606-1684)?
- La obra de Anouilh representa dos visiones del mundo radicalmente opuestas: la de la ley y la de la conciencia. Explique en qué consisten estas dos visiones.
- Esta obra forma parte de las obras «negras» de Anouilh. Explique por qué.
- ¿Qué piensa de la actitud de Antígona? ¿Piensa que vale la pena que uno muera por sus ideas? Arguméntelo recurriendo a ejemplos históricos conocidos.

PARA IR MÁS ALLÁ

EDICIÓN DE REFERENCIA

- Anouilh, Jean. 2009. *Jezabel, Antígona.* Traducido por Aurora Bernárdez. Buenos Aires: Losada, colección *70 aniversario.*

ESTUDIOS DE REFERENCIA

- de Comminges, Élie. 1977. *Anouilh, littérature et politique.* Saint-Genouph: Nizet.
- Mitterand, Henri, dir. 1992. *Dictionnaire des grandes œuvres de la littérature française.* París: Le Robert, colección *Les Usuels.*

www.resumenexpress.com

ISBN ebook: 9782806272584

ISBN papel: 9782806272591

Depósito legal: D/2015/12603/563

Cubierta: © Primento

Libro realizado por <u>Primento</u>*, el socio digital de los editores*